ブルーブル美術館《びじゅつかん》
ナマヤサイハゲ
やさいやくだものでできた顔《かお》のおばけ。すききらいの多い子をみつけておいかけてくる。
やさいラブ
見ろ!のビーナス
自分《じぶん》の美《うつく》しさに絶対《ぜったい》の自信《じしん》をもっている。SNS《エスエヌエス》などもつかい
つねに自分《じぶん》をアピールしている。
完死員《かんしいん》
美術品《びじゅつひん》をまもるため死後《しご》もきびしく監視《かんし》している。ふとどきな客《きゃく》にはカマをおみまい。
冥界画《めいかいが》
「有名《ゆうめい》な絵画《かいが》」だと思《おも》って見ていると、中からゆうれいがでてくる。じつはあの世《よ》の入り口。
人食《ひとく》いくちびるソ
セクシーなくちびる形《かたち》のソファ。すわってなごんでいる
がりがり食《た》べられてしま

ナツカのおばけ事《じ》件《けん》簿《ぼ》
初《はつ》恋《こい》ゆうれいアート
斉藤 洋・作
かたおかまなみ・絵

目次《もくじ》

このおはなしにでてくる人たちを紹介《しょうかい》するわ！
わたし。(日暮《ひぐれ》ナツカ)。この本の主人公《しゅじんこう》。パパといっしょに「おばけたいじ屋《や》」をやっているの。めいわくなおばけをたいじしちゃうわ！

パパ（日暮《ひぐれ》道遠《みちとお》）。
ナツカのパパ。
ふだんはぐうたら
してるけど「おばけたいじ」は
百戦錬磨《ひゃくせんれんま》のすごうで！
たよれるカッコイイ
じまんのパパ！

波倉四郎《なみくらしろう》さん。
大企業《だいきぎょう》「東神《とうじん》グループ」の会長。
よくナツカたちに「おばけかんけい」の
しごとを紹介《しょうかい》してくれる。

南郷幾多郎《なんごうきたろう》画伯《がはく》。
日本《にほん》を代表《だいひょう》する
風景画家《ふうけいがか》。
ぶきみな現象《げんしょう》に
なやまされている。

ママ（日暮《ひぐれ》春香《はるか》）。
世界《せかい》でかつやくする
ファッションデザイナー。
りこんしたパパに
まだみれんが…!?
都市伝説《としでんせつ》のバッグが
とどいて、
ナツカたちに
いらいすることに…。

ここからがおはなしのはじまり。わたしのおばけ事件簿《じけんぼ》を、特別《とくべつ》に見せちゃうわ！
エルゼベート
ナツカ

悪魔《あくま》のすむ館《やかた》

土曜日《どようび》の午後《ごご》二時《じ》。
東京郊外《とうきょうこうがい》の、とある邸宅《ていたく》の門《もん》をあけ、ひろい庭《にわ》をよこぎっていくと、林のおくに、大きなドアが見える……。
わたしとパパは、そのドアにむかって、一歩《ぽ》一歩《ぽ》、ちかづいていく。すると、とつぜん、ドアがあき……。

ハッハッハッハッ！　待《ま》っていたぞ！
おまえたちの髪《かみ》の毛《け》をふでにし、
おまえたちの血《ち》をえのぐにして、
地獄《じごく》の絵《え》を描《か》いてやるぞーっ！

……と、おそろしい悪魔《あくま》がでてきて、わたしとパパがきりきざまれてしまった、なんていうことはなく、上品《じょうひん》なおじいさんがあらわれ、

日暮《ひぐれ》先生とおじょうさんですね。お待《ま》ちしておりました。

といって、わたしたちを中にあんないしてくれた。

この絵《え》、ひとつで
何百万円《なんびゃくまんえん》もするっていう
はなしだけど、
ほんとかしら？

わたしとパパが通《とお》されたのは、ひろい応接間《おうせつま》で、そこにも、絵《え》がかかっていた。

そこは、日本《にほん》を代表《だいひょう》する風景画家《ふうけいがか》、南郷幾多郎《なんごうきたろう》画伯《がはく》のやしきだ。

しばらく前《まえ》から、画伯《がはく》のアトリエで、きみょうなことがおこるという。わたしとパパは、

東神鉄道《とうじんてつどう》グループ会長《かいちょう》、波倉四郎《なみくらしろう》さんの紹介《しょうかい》で、その調査《ちょうさ》にやってきたのだ。

わたしのパパはゴーストバスター、つまり、おばけたいじ屋《や》で、名前《なまえ》は日暮道遠《ひぐれみちとお》。わたしは日暮《ひぐれ》ナツカ。パパの助手《じょしゅ》をしている……ていうか、ママと離婚《りこん》してぐうたら生活《せいかつ》をしていたパパに、このしごとをすすめたのは、わたし。

パパの事務所《じむしょ》は住居兼用《じゅうきょけんよう》のおんぼろマンションだけど、わたしのママはハルカ・ブランドで知《し》られている世界的《せかいてき》に有名《ゆうめい》なファッションデザイナーで、わたしはママといっしょに、都心《としん》の超高級《ちょうこうきゅう》マンションにすんでいる。

あ、このチョコ、ガバリーチのオレンジ・トリュフだ。ひとつぶ三千円の超高級品《ちょうこうきゅうひん》じゃない！
おくのドアのむこうがアトリエなのですが、きみょうなことというのは、そこでおこるのです。

ナリカのおばけ帳簿《ちょうぼ》
前回の残高 ¥24,806,180
収入 ¥0
支出
マンション管理費 ¥10,000
電気、ガス、電話などの公共料金 ¥34,581
エルゼベートのキャットフード代 ¥4,200
支出合計 ¥48,781
残高 ¥24,757,399
けっこう、お金たまってきたけど、広《ひろ》い都心《としん》のマンションにうつるには、まだまだたりないよね。
モデルルーム OPEN!
3LDK 9,980万円〜
目黒駅から徒歩5分
都心のオアシス!
TAKAINA HOM
高稲ホー
IWAN 野菜店
カッパ巻きフェア
50%off

初恋《はつこい》ゆうれいアート

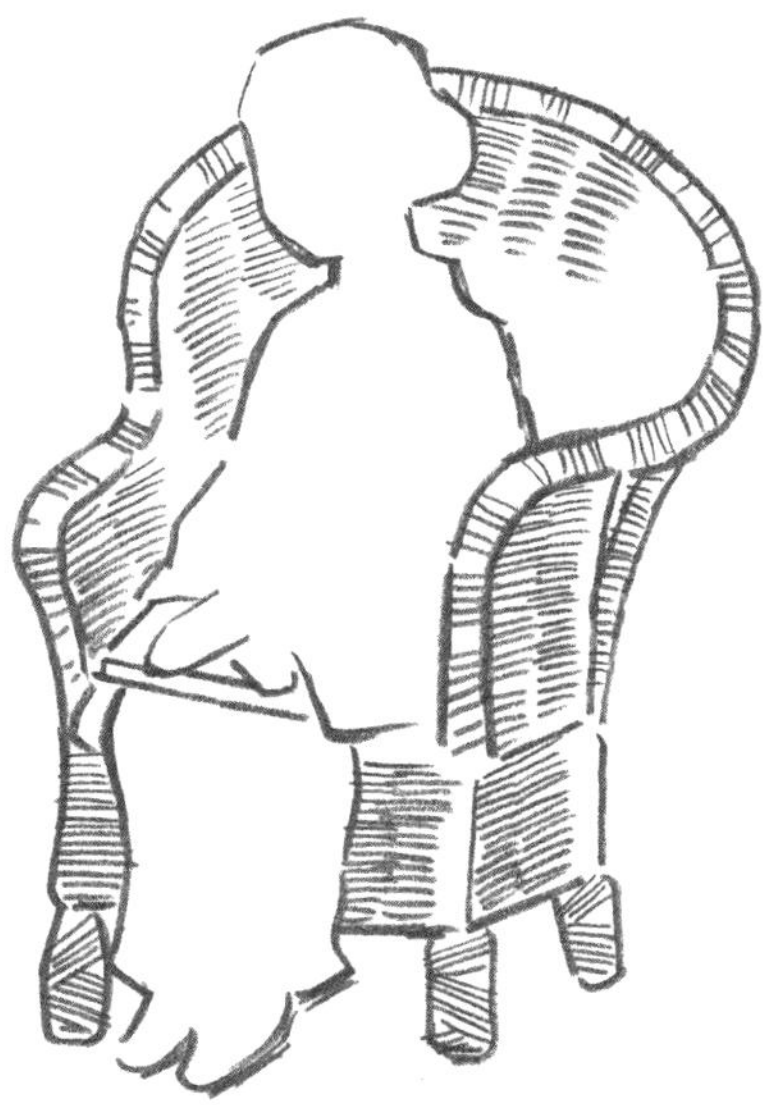

南郷幾多郎画伯《なんごうきたろうがはく》のはなしによると、きみょうなことというのは、こういうことだった。

それは、前《まえ》の夜《よる》に、いらいされていた作品《さくひん》をひとつ描《か》きおえ、ほっとしていた朝《あさ》のことだった。

南郷幾多郎画伯《なんごうきたろうがはく》が二階《かい》の寝室《しんしつ》から一階《かい》におりてきて、アトリエに入ると、しまってあるはずのスケッチブックがテーブルの上に、ひらいたままおかれていて、そこには、女の人の絵《え》が描《か》かれていた……。

スケッチブックには、
いすにすわった女性《じょせい》が
描《か》かれていました。
年齢《ねんれい》は七十歳《さい》くらいでしょうか。
品《ひん》のあるおばあさんなんです。
スケッチブックは、たしかに
わたしのものなのに、わたしは、
そんな絵は描《か》いたおぼえがないのです。

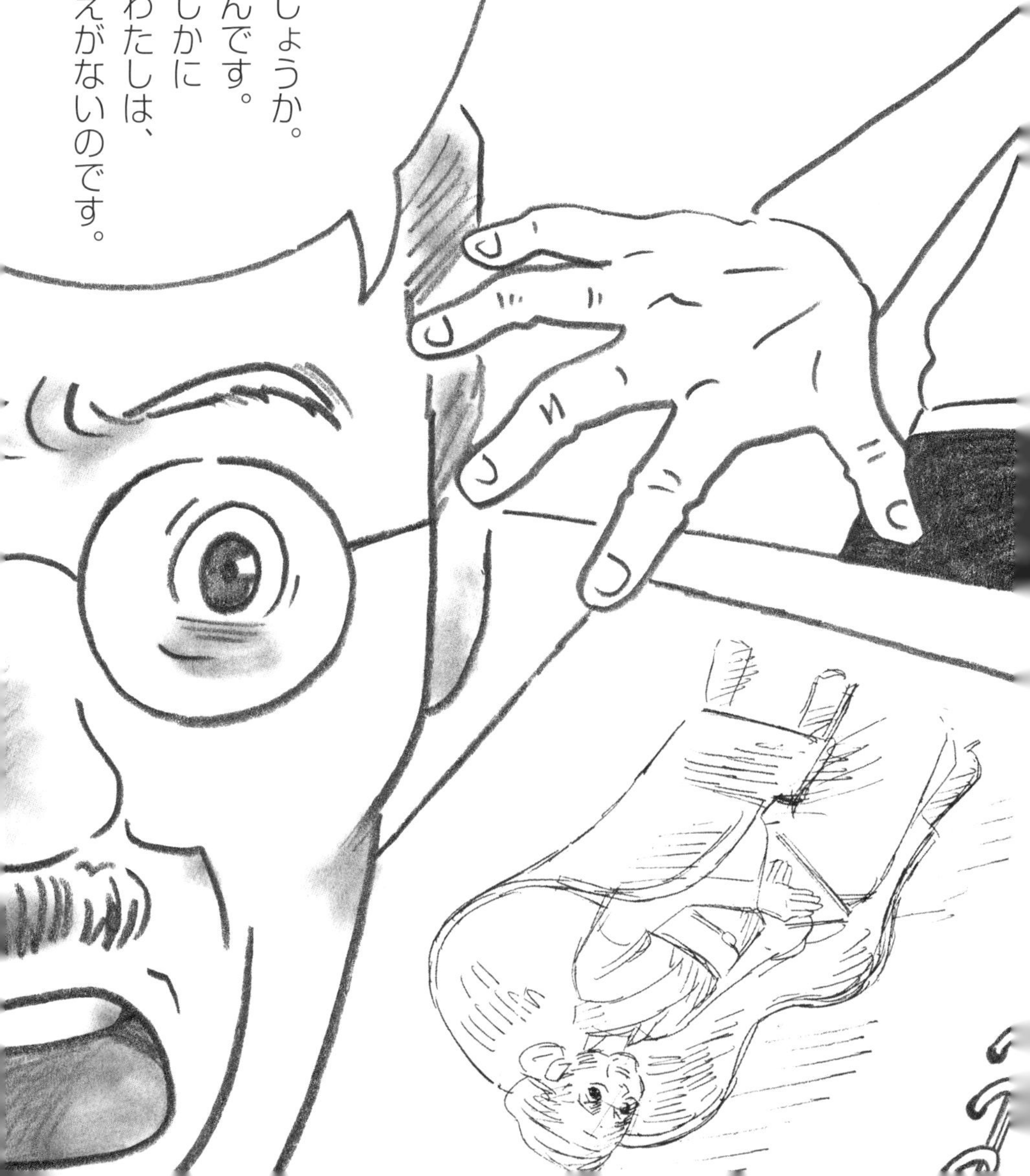

パパが、

「それではまず、そのスケッチブックを　見せていただけますか。」

というと、南郷幾多郎画伯《なんごうきたろうがはく》は、

「もちろんです。」

とうなずき、たちあがった。そして、大きなつくえのひきだしから、一さつのスケッチブックをもってきた。

パパはそれをテーブルの上におき、一ページ、一ページ、ゆっくりひらいていった。

わたしは、本描《ほんが》きに入る前《まえ》に、そのスケッチブックに下描《したが》きをするのです。いまごらんになっているのは、去年《きょねん》、スイスのチューリッヒで描《か》いたものです。
SKE

外国の風景《ふうけい》が何枚《なんまい》かつづいたあとに、
どこかで見たようなたてものの
スケッチがあらわれた。
パパは手をとめて、南郷幾多郎画伯《なんごうきたろうがはく》にたずねた。
「あ、これは、かべにかかっている絵《え》のスケッチですね。」
南郷幾多郎画伯《なんごうきたろうがはく》がうなずいた。

そうです。それは、このへやにかかっている絵《え》のスケッチです。かべの絵《え》は先月描《か》きおえたばかりです。問題《もんだい》のスケッチは、そのつぎのページです。

どこかで見たと思《おも》ったら、それは、いま見たばかりのかべの絵《え》だったのだ。

パパがスケッチブックのつぎのページをめくると、そこには、和《わ》服《ふく》をきたおばあさんのスケッチ画《が》が描《か》かれていた。

それで、このご婦人《ふじん》は
どなたなのですか？
お知《し》りあいですか？

それが、だれだか
わからないのです。

「ご自分のスケッチブックに、だれだかわからないご婦人《ふじん》の絵《え》が描《か》かれていて、しかも、ご自分で描《か》いたおぼえはない、と、そういうことでしょうか?」

パパがそういうと、
南郷幾多郎画伯《なんごうきたろうがはく》はため息《いき》をつき、

「そうです。」

と小声《こごえ》でこたえた。
パパは、スケッチブックをとじて、いった。

「そういうことでしたら、それは、わたしどものしごとではありません。警察《けいさつ》におとどけになったほうが、よろしいでしょう。」

パパはいった。

「なにもぬすまなくても、かってに人の家《うち》に入れば、住居侵入罪《じゅうきょしんにゅうざい》ですし、スケッチブックにいたずら描《か》きをすれば、器物損壊罪《きぶつそんかいざい》になります。」

「つまり、だれかがこの家《うち》に侵入《しんにゅう》し、
スケッチブックに、
絵《え》を描《か》いていったと、
そうおっしゃりたいのですか？」
南郷幾多郎画伯《なんごうきたろうがはく》の
ことばに、パパが
うなずくと、画伯《がはく》はいった。

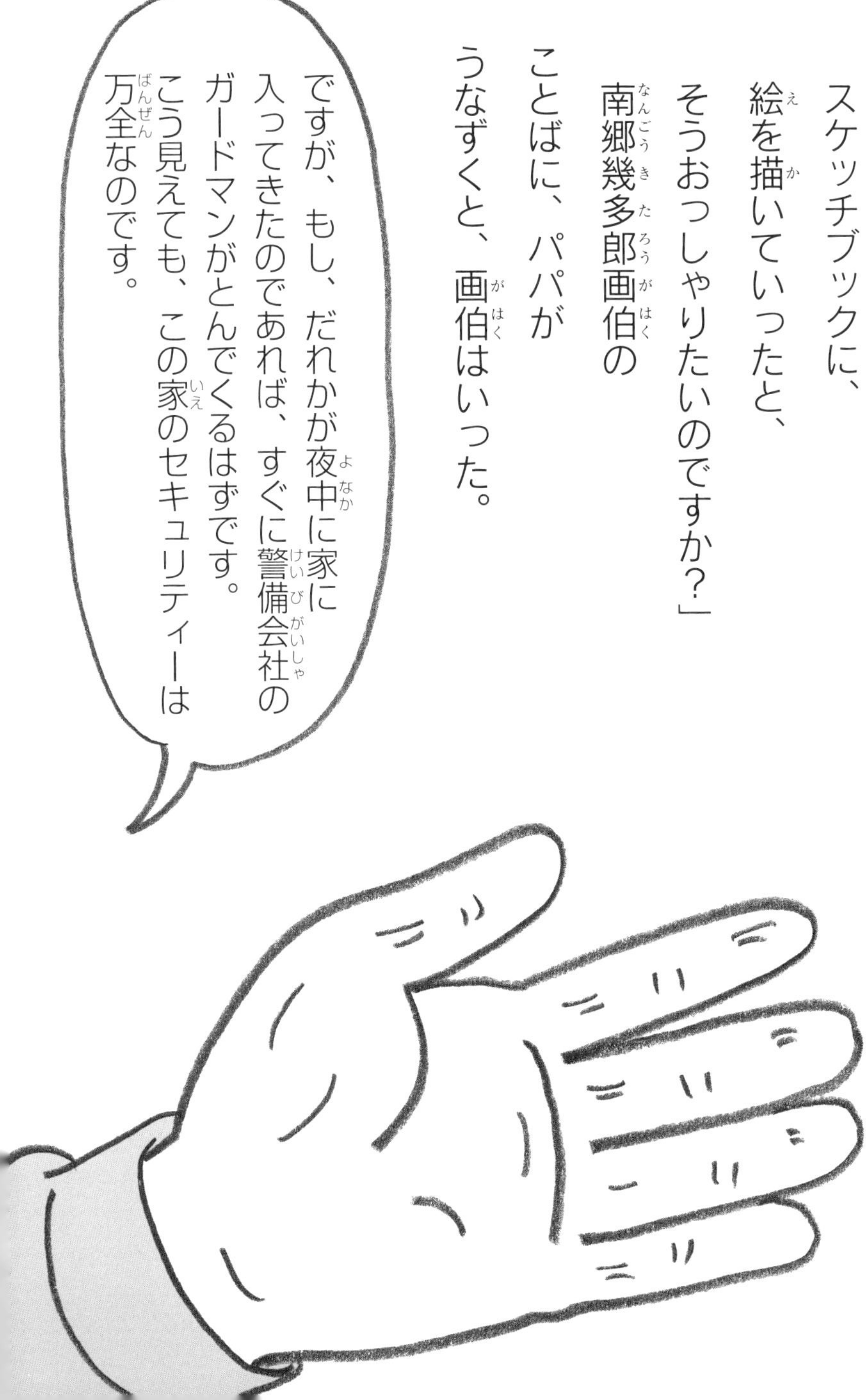
ですが、もし、だれかが夜中《よなか》に家に
入ってきたのであれば、すぐに警備会社《けいびがいしゃ》の
ガードマンがとんでくるはずです。
こう見えても、この家《いえ》のセキュリティーは
万全《ばんぜん》なのです。

そこで、わたしは口をはさみ、
思《おも》っていることをいった。

でも、家政婦《かせいふ》さんは？
ひるまは、家政婦《かせいふ》さんがきてるってことですよね。
その家政婦《かせいふ》さんが描《か》いたのでは？

すると、南郷幾多郎画伯《なんごうきたろうがはく》はたちあがり、となりのへやに
つづくドアをあけ、
「こちらにどうぞ。じつは、もっと重大《じゅうだい》な問題《もんだい》があるのです。」
といって、中に入っていった。

わたしとパパがたって、南郷幾多郎《なんごうきたろう》画伯《がはく》に
ついていくと、南郷幾多郎《なんごうきたろう》画伯《がはく》は
まどべまでいった。
そこには、イーゼルにかかった絵《え》があった。

わたしとパパは南郷《なんごう》幾多郎《きたろう》画伯《がはく》のそばまでいき、絵《え》をのぞきこんだ。

すると、そこには、スケッチブックに描《か》かれていた人とおなじ人がおなじ着物《きもの》をきて、おなじポーズで描《か》かれていた。絵《え》には、油《あぶら》えのぐ特有《とくゆう》のあつみがあった。

これは油絵《あぶらえ》です。スケッチとちがい、描《か》くのに時間《じかん》がかかります。わたしがちょっとアトリエにいない時間《じかん》に描《か》くなんて、うちの家政婦《かせいふ》だろうが、だれだろうが、こんなことできっこありません！
しかも、ここまで半月《はんつき》かかっているのです。毎朝《まいあさ》見にくると、少しずつ完成《かんせい》にちかづいていくのです。

「なるほど……。」
「たしかに……。」
パパとわたしが
同時《どうじ》にそういうと、
南郷幾多郎画伯《なんごうきたろうがはく》は、
うでをくんで、
その絵《え》を見つめた。
すると、パパは
応接間《おうせつま》にもどり、
かべの絵《え》の前《まえ》までいくと、
その絵《え》を見ながらいった。

「この絵《え》ですが、
これはどこの風景《ふうけい》ですか。」
南郷幾多郎画伯《なんごうきたろうがはく》も応接間《おうせつま》にもどり、
パパのとなりにたって、いった。

パパがふりむいて、南郷幾多郎画伯《なんごうきたろうがはく》にたずねた。

「この絵《え》が最新作《さいしんさく》となると、問題《もんだい》の人物画《じんぶつが》ですが、先生が女性《じょせい》の絵《え》のスケッチをみつけられたのは、この絵《え》を描《か》きあげたよく朝《あさ》というとになりますね。」

「そうです。油絵《あぶらえ》の下絵《したえ》が描《か》かれていたのは、美術館《びじゅつかん》の絵《え》ができあがった日のつぎの朝《あさ》です。」

わたしはパパのそばにいって、小さな声《こえ》でたずねた。

「パパ。この絵《え》とおばあさんの絵《え》とかんけいがあるの?」

「あるかもしれないし、ないかもしれない。しらべてみないと、わからないな。」

しらべるって、なにを？

とにかく、実地調査《じっちちょうさ》だな。

とこたえてから、パパは南郷幾多郎画伯《なんごうきたろうがはく》にいった。

それでは、こんやから調査《ちょうさ》をはじめたいのですが、いかがでしょうか。

ぜひ、そうしてください。それで、いったい、どのような調査《ちょうさ》をするのですか？たとえば、なんていうんですか、よく刑事《けいじ》もののドラマにでてくるような……。

南郷画伯《なんごうがはく》がそういうと、パパはうでをくんで、小さくうなずいた。

はりこみですか？まあ、そのようなものですが……。

アトリエに
陣《じん》どっていては、いたずらを
しているのが人間《にんげん》にしろ、
ばけものにしろ、
でてきにくいですからね。
アトリエのおくにドア
がありましたよね。
へやがあるなら、
そこをつかわせて
ください。今《いま》はいろいろ
ハイテク機材《きざい》がありますからね。
ゴーストバスターだって、
数珠《じゅず》だの、はらいぐしなんか
つかうわけじゃなんです。
ハハハ

ハハハって……。
それに、
ハイテク機材《きざい》
なんて、家《うち》に、
あったっけ？
それより、バスター料《りょう》のこと、
いわなくていいかな。
まあ、東神《とうじん》グループの
波倉会長《なみくらかいちょう》さんの
紹介《しょうかい》だし、こまかい
ことはいわなくていいか。

アトリエのおくにあるのは、小さなキッチンだということだった。

そんなわけで、なんだか知《し》らないけれど、そのハイテク機材《きざい》っていうのをもって、こんやまたくることになり、わたしとパパは南郷幾《なんごうき》多郎画伯《たろうがはく》のやしきをでた。

門《もん》をでたところで、わたしはパパにきいた。

「ハイテク機材《きざい》って、なに？　スマホのこと？」

「いや、そうじゃない。このあいだ、エルゼベートのキャットフードを買《か》いに、量販《りょうはん》ショップにいったら、おもしろいものがあったんだ。いい機会《きかい》だから、その機械《きかい》を買《か》おうかと思《おも》ってな。」

だいじょうぶ。安《やす》いのだと、二万円《まんえん》からあったから。
二万円《まんえん》でハイテク機材《きざい》って、それ、どういうハイテク？

パパの事務所《じむしょ》のもよりの駅近《えきちか》くに、安売《やすう》りがウリの総合量販店《そうごうりょうはんてん》ができている。

わたしたちはそこによって、そのハイテク機材《きざい》というのを買《か》った。新型《しんがた》は二万円《まんえん》だったが、前《まえ》の型《かた》が消費税込《しょうひぜいこ》みで一万《まん》六千二百円で売《う》っていたので、それにした。

これは、ポータブルの監視《かんし》カメラだ。えんかくそうさでレンズの向《む》きが上下左右にかわる小型《こがた》カメラと、カメラをそうさするリモコン装置《そうち》つきの液晶《えきしょう》モニターのセットだ。

赤《あか》ちゃんがねているベビーベッドのそばにカメラをおいておけば、母親《ははおや》は液晶《えきしょう》モニターをもちはこびして、家中《いえじゅう》、どこでも安心《あんしん》して家事《かじ》ができる。

安心《あんしん》っていえば、このごろ
ぜんぜん髪《かみ》がいたまない
ドライヤーがでてるのよね。
パパ、
わたしの髪《かみ》が
バサバサに
なってもいいなんて
思《おも》ってないよね。あと、
頭皮《とうひ》マッサージと
スチーマーも！
マイナスイオン
% Off
だれでも美人!?
Kira Kira
やったあ！
サンチョ
大安売り
安い!
Sale
サンチョパンサ

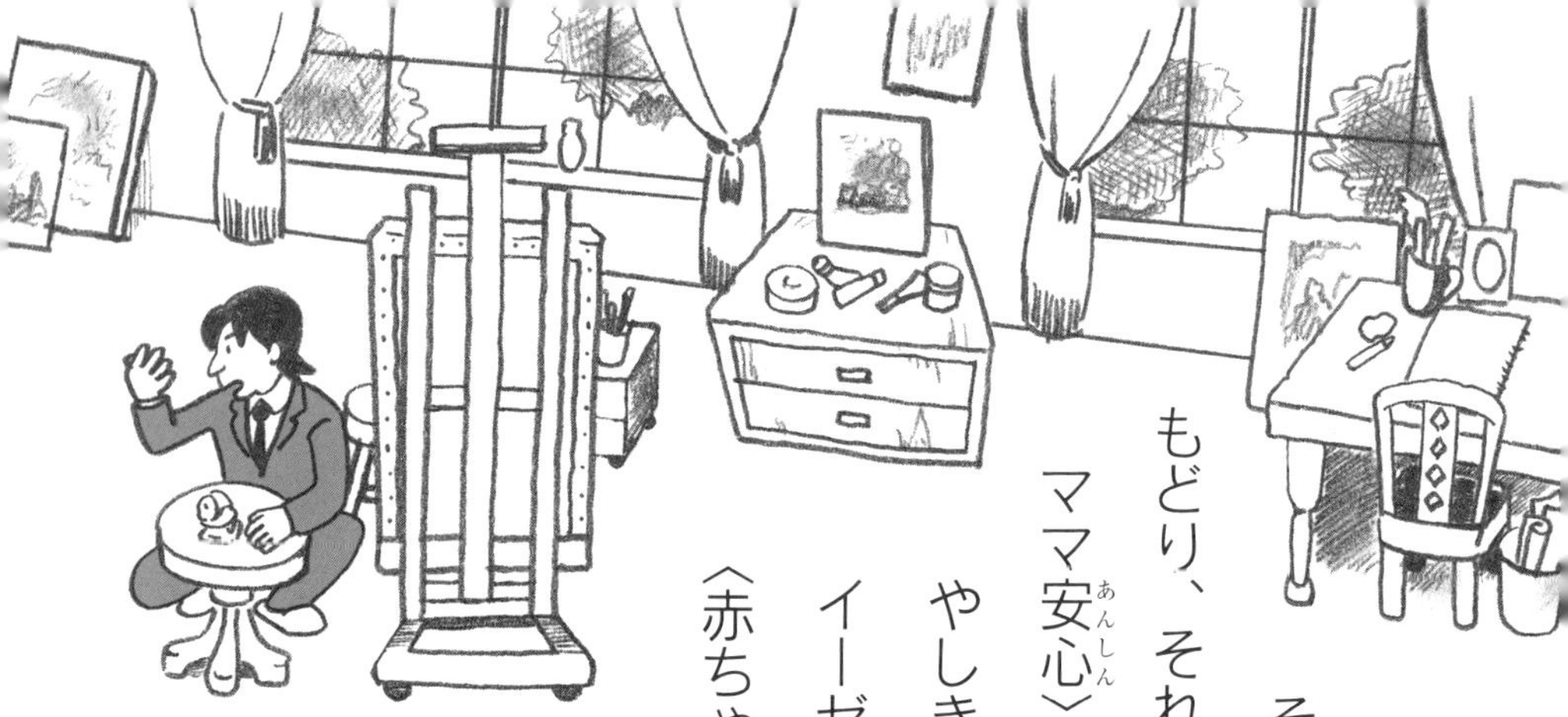

それから、わたしたちはいったん、パパの事務所《じむしょ》にもどり、それから、いろいろしたくをして、〈赤ちゃんぐっすり、ママ安心《あんしん》〉を充電《じゅうでん》し、夕がた、もう一度《ど》、南郷幾多郎画伯《なんごうきたろうがはく》のやしきにいった。そして、問題《もんだい》の絵《え》がかかっているイーゼルのそばに小さなテーブルをもっていき、そこに、〈赤ちゃんぐっすり、ママ安心《あんしん》〉のカメラをおき、アトリエのおくにあるキッチンに入った。そのおくはダイニングルームになっている。

なるほど、べんりなものがあるんですなあ。これをつかえば、となりのへやからでも、アトリエを監視《かんし》できるっていうことですな。

わたしとパパは、南郷幾多郎画伯《なんごうきたろうがはく》がとりよせてくれたおすしを夕飯《ゆうはん》にいただき、午後《ごご》八時《じ》に、はりこみ態勢《たいせい》に入った。

ついでにいっておくと、おすしには、イクラはもちろん、ウニとアワビと大トロがあったから、特上《とくじょう》だったにちがいない。

〈赤ちゃんぐっすり、ママ安心《あんしん》〉のカメラが、イーゼルちかくのテーブルに、むきだしでおいてあるので、わたしはパパにいった。

パパ。カメラをなにかで、カムフラージュしたほうがいいんじゃない。あれじゃあ、ここに監視《かんし》カメラがありますっていってるのとおなじよ。
だいじょうぶだ。侵入者《しんにゅうしゃ》はたぶん、カメラに気づかない。

午後《ごご》九時《じ》に、南郷幾多郎画伯《なんごうきたろうがはく》が寝室《しんしつ》にひきあげていった。
アトリエの電気《でんき》はきえている。
午後《ごご》十時《じ》になっても、液晶《えきしょう》モニターにはなにもうつらなかった。
午後《ごご》十一時《じ》になっても、変化《へんか》はなかった。アトリエはくらいままだ。
そのうち、わたしはキッチンのイスにすわり、ねむってしまい、
「ナツカ。おきろ。」
とパパにいわれ、目をさまして、キッチンの時計《とけい》を見ると、午前〇《ごぜんれい》時《じ》ちょうどだった。
わたしは目をこすり、モニターをのぞいた。
すると……。

あ、これ、南郷《なんごう》先生じゃない！
そうだ。まあ、こんなことだと思《おも》った。自分で電気《でんき》をつけて、絵《え》を描《か》きはじめたんだ。

「なあんだ。そういうことだったのか。

つまり、南郷《なんごう》先生は、いっしゅの夢遊病《むゆうびょう》みたいなものだったのね。」

わたしがそういうと、パパは、

「まあ、半分《はんぶん》はそういうことだ。」

といい、それから、液晶《えきしょう》カメラについているリモコンのスイッチをいじり、レンズのむきをかえた。

これを見てみろ。こうなってくると、南郷《なんごう》先生の夢遊病《むゆうびょう》だけってことじゃなくなってくる。

こ、この人、いつアトリエに入ってきたの!

それから一時間《じかん》、モニター画面《がめん》には、たいした変化《へんか》はなかった。
ときどき、パパはレンズのむきをかえたが、南郷幾多郎画伯《なんごうきたろうがはく》は
絵《え》を描《か》きつづけ、おばあさんはじっとすわったままで、
ふたりは口をきかなかった。

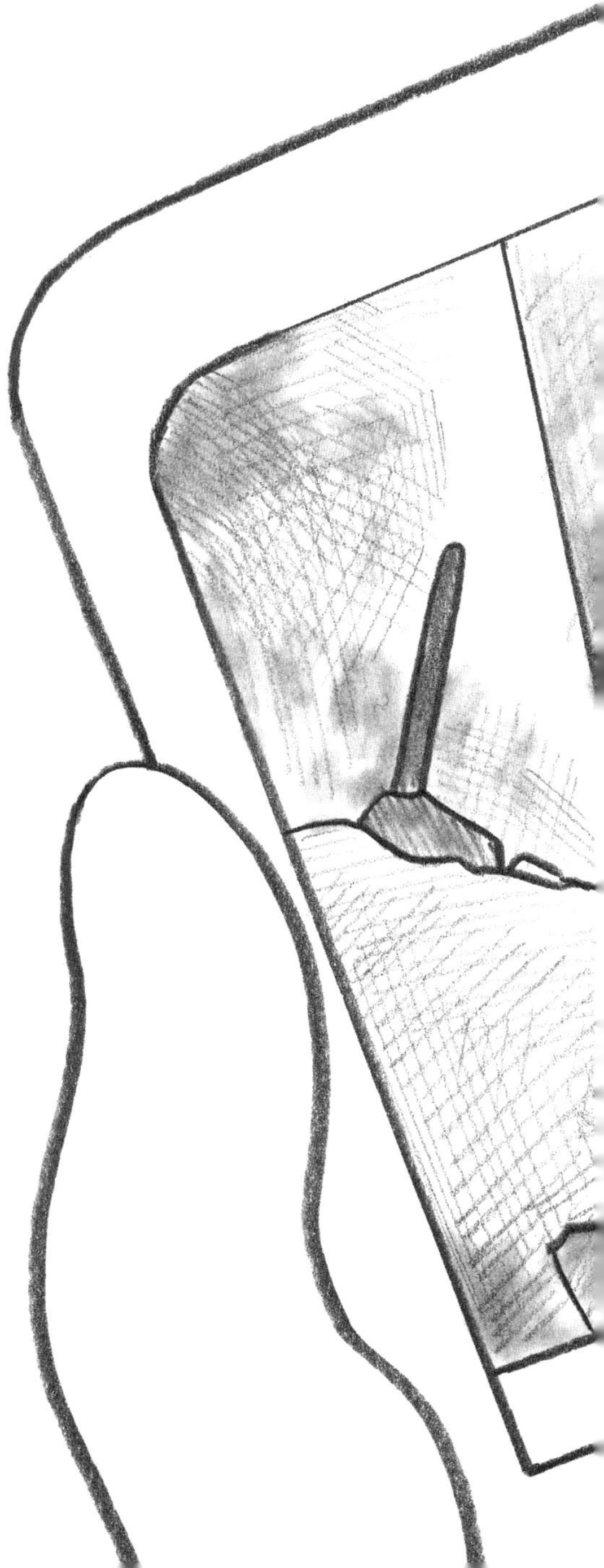

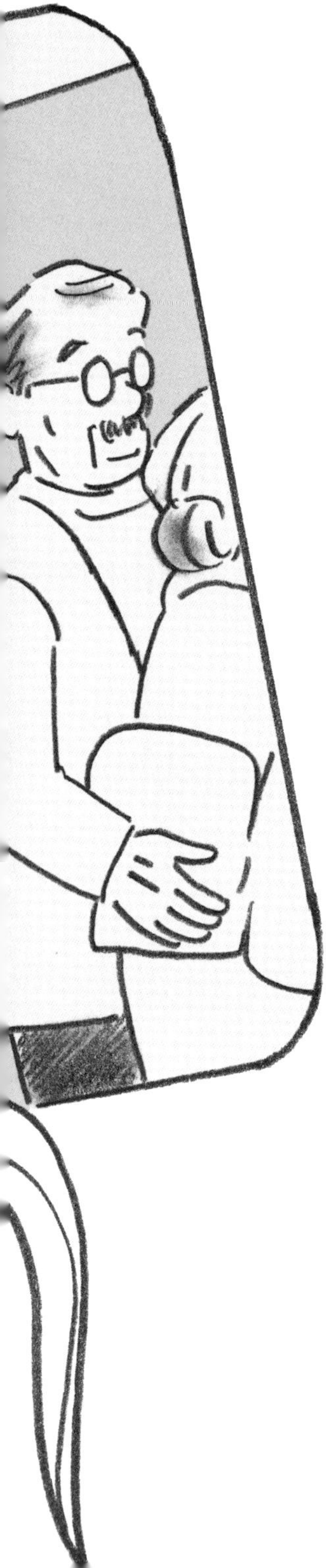

だが、午前《ごぜん》一時《じ》になると、液晶《えきしょう》モニターのスピーカーから、

「こんやは、このへんにしましょう。あしたか、あさってには、できあがります。」

という南郷《なんこう》画伯《がはく》の声《こえ》がきこえた。

おばあさんがたちあがり、南郷幾多郎《なんごうきたろう》画伯《がはく》もふでをおいて、たった。

そして、応接間《おうせつま》のほうにむかって歩《ある》いていった。

だが、一万《まん》六千二百円の〈赤ちゃんぐっすり、ママ安心《あんしん》〉のカメラは、むきが三百六十度《ど》どこでもオーケーというわけではなく、やがて、ふたりのすがたは液晶《えきしょう》画面《がめん》の外にでてしまった。

パパがたって、ドアをあけ、アトリエに入った。

ふたりは、アトリエをでて、応接間《おうせつま》に入っていった。そして、かべにかかっている美術館《びじゅつかん》の絵《え》の前《まえ》でたちどまった。

数秒間《すうびょうかん》、ふたりは絵《え》を見ていたが、やがておばあさんのすがたはうっすらときえていった。

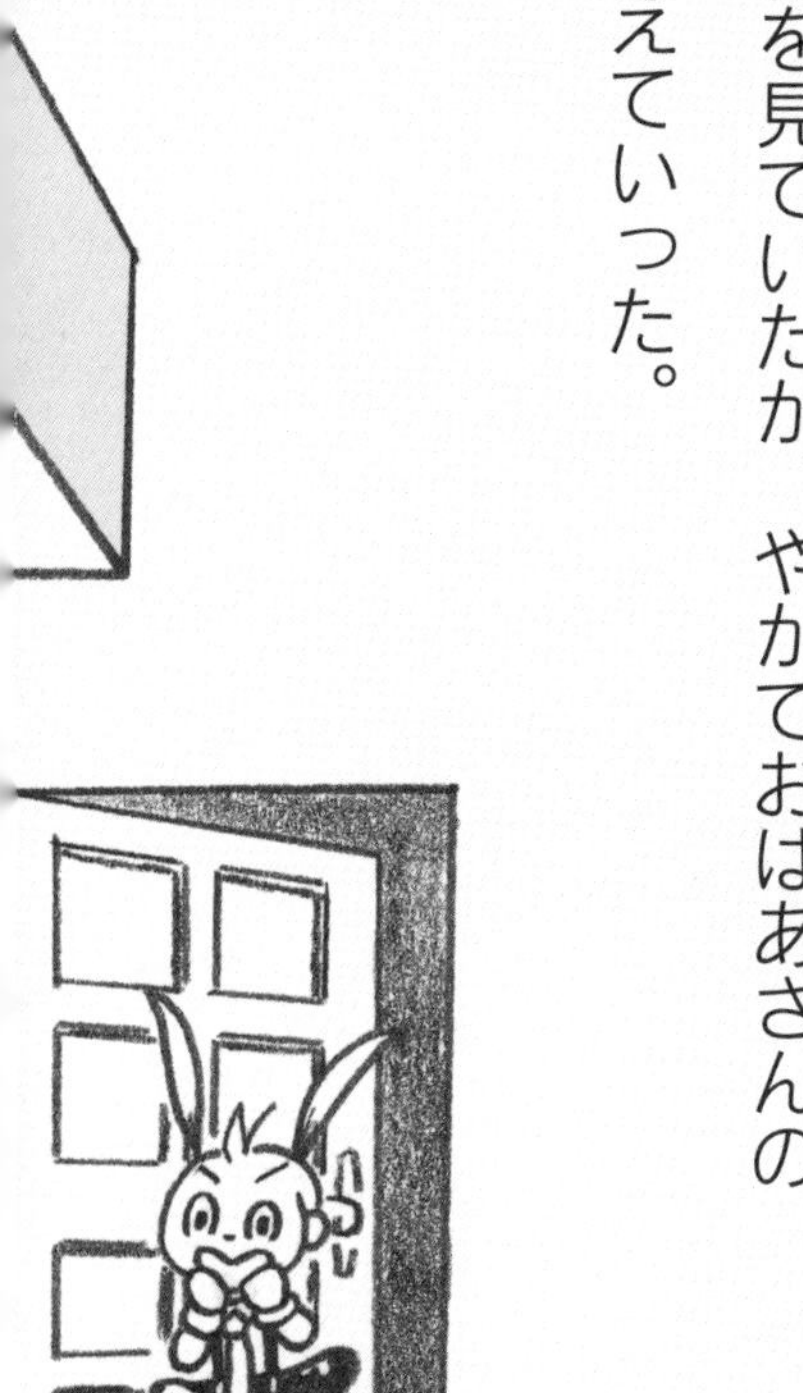

思《おも》わずわたしは
声《こえ》をあげてしまった。
南《なん》郷《ごう》幾《き》多《た》郎《ろう》画《が》伯《はく》も、
応《おう》接《せつ》間《ま》から
でていった。

それにしても、あのゆうれい、だれなの？南郷《なんごう》先生にとりついているのかしら……。

「ゆうれいとはかぎらない。おまえの声《こえ》もきこえなかったようだし……。なんにしろ、おばあさんがだれなのか、しらべる必要《ひつよう》がある。だが、それも、朝《あさ》になってからだな。」

わたしちは応接間《おうせつま》にいき、そこのソファでねて、朝《あさ》を待《ま》った。

朝《あさ》になり、きのうコンビニで
買《か》ってきておいたサンドイッチと
ペットボトルのお茶《ちゃ》で、朝《あさ》ごはんを
食《た》べながら、わたしがパパに、
「きのうの夜《よる》、ふたりは美術館《びじゅつかん》の
絵《え》を見ていたよね。あの絵《え》、
いつごろの美術館《びじゅつかん》
なのかしら。
あんな古《ふる》い車、
もうないよね。」
というと、パパは、

「えっ、車って？」
といって絵《え》のほうを
見た。

そのとき
南《なん》郷《ごう》幾《き》多《た》郎《ろう》画《が》伯《はく》が
アトリエにやってきた。

パパが、
おはようございます。
とあいさつをかえしてから、いった。
ハイテク機材《きざい》をつかって、わかったこともありますが、まだわからないこともあります。そこで、ちょっとおたずねしたいのですが、
応接室《おうせつしつ》にある美術館《びじゅつかん》の絵《え》ですが、あれは、できあがったばかりだとおっしゃってましたよね。
そうです。新《あたら》しい美術館《びじゅつかん》がたったら、げんかんホールにかけられることになっています。

それでは、おたずねします。絵の中に一台、黒い車がとまっていますが、あれはこのごろの車ではなく、どう見ても、五十年くらい前の型《かた》です。それは、どうしてですか？
昔
今
パパにそういわれ、南郷《なんごう》幾多郎《きたろう》画伯《がはく》は、
え？そうですか？
といって、かべぎわにいき、美術館《びじゅつかん》の絵をながめた。そして、いった。
いや、描《か》いているときには、なんとなく車の絵を描《か》いたつもりはなかったのですが、いわれてみれば、たしかにそうですね。

パパはたって、南郷画伯《なんごうがはく》のとなりにいくと、

「つまり、この絵《え》はいまの美術館《びじゅつかん》ではなく、五十年くらい前《まえ》の美術館《びじゅつかん》だということになります。」

といった。

「そういうことになりますが、もうすぐとりこわしになるたてものは、古《ふる》くはなりましたが、いまでも、このとおりです。」

南郷画伯《なんごうがはく》がそうこたえたところで、パパがいった。

そういうことになりますと、美術館《びじゅつかん》のげんかんのところにいる女性《じょせい》と少年《しょうねん》ですが、これも、五十年前《まえ》の女性《じょせい》と少年《しょうねん》ということになります。

この男の子、いまごろは、先生とおなじくらいの年齢《ねんれい》になってますねえ……。

「えっ……。」

とつぶやいた南郷《なんごう》幾多郎《きたろう》画伯《がはく》に、パパはたたみかけるようにいった。

「この男の子、いったい、だれです？」

「だれって？　だれというわけでもありませんが……。」

といいながら、南郷《なんごう》幾多郎《きたろう》画伯《がはく》はじっと絵《え》の中のふたりを見つめて
いたが、しばらくすると、

「ああ……。」

とためいきのような声《こえ》をあげ、

「泉野《いずみの》先生……。」

とつぶやいたのだ。

南郷《なんごう》先生、なにか思《おも》いだしたのね。

南郷《なんごう》幾多郎《きたろう》画伯《がはく》は興奮《こうふん》した口調《くちょう》でいった。
「きっと、ここに描《か》かれてる若《わか》い女の人は、泉野彩子《いずみのあやこ》先生です。そして、そこにいる男の子は、小学校の六年のときのわたし自身《じしん》にちがいありません。
泉野《いずみの》先生は、その年の春《はる》に美術《びじゅつ》大学を卒業《そつぎょう》されたばかりで、わたしがかよっていた小学校に赴任《ふにん》してこられたのです。それで、夏休《なつやす》みのある日、この美術館《びじゅつかん》のちかくで、

たまたまあって、わたしは
先生に、美術館《びじゅつかん》でやっていた
フランス近代絵画展《きんだいかいがてん》にさそわれたのです。」

そのころ、わたしはまだ
絵画《かいが》にはまるできょうみが
なかったのですが、美《うつく》しい泉野《いずみの》先生は、
わたしのあこがれでした。
初恋《はつこい》といってもいいでしょう。
その先生にさそわれ、わたしは
フランス近代絵画展《きんだいかいがてん》を見て、それからいっきに
絵画《かいが》にひかれていったのです。
あの日、美術館《びじゅつかん》の中の喫茶室《きっさしつ》で
ごちそうになった
クリーム・ソーダの味《あじ》は、
わすれられません。

「南郷《なんごう》先生。うちのハイテク監視《かんし》カメラをつかって、わかったのですが、絵《え》をお描《か》きになったのは、先生ご自身《じしん》でした。たぶん、夢遊病《むゆうびょう》のように、ご自分でも気づかれずに、夜中《よなか》に、ここで絵《え》を描《か》かれていたのでしょう。」
パパはそういったが、それをきいても、南郷幾多郎《なんごうきたろう》画伯《がはく》はおどろかなかった。

そうだったのですか。でも、そうだとしても、わたしはだれの絵《え》を描《か》いていたのでしょう。モデルもつかわずに……。
それが、モデルがいなかったわけじゃなくて、絵《え》に描《か》かれているおばあさんがあらわれて、モデルになっていたんです。でも、そのおばあさん、あとできえちゃったんですけど。

「ひょっとすると、そのモデルは泉野彩子《いずみのあやこ》先生というかたなのではないでしょうか。」

パパのことばに、南郷幾多郎画伯《なんごうきたろうがはく》は、

「え……。」

と絶句《ぜっく》した。

そして、そのまま目を大きくみひらいて、だまりこんでいたが、しばらくすると、

「ひょ、ひょっとして……。」

とつぶやくと、ごくりとつばをのみこんだ。それから、くちびるをふるわせて、いった。

泉野《いずみの》先生は……。

「泉野《いずみの》先生は亡《な》くなられ、ゆうれいになって、わたしにあいにきてくださっていたのでしょうか。それなら、おいはらっていただく必要《ひつよう》はありません。調査《ちょうさ》はおわりにしてください。」

「いや、亡《な》くなられたとはかぎりません。亡《な》くなられているかどうか、しらべてみましょう。ともあれ、けさのところは、わたしたちはこれでしつれいいたします。」

……ということで、わたしとパパは南郷幾多郎画伯《なんごうきたろうがはく》のやしきをひきあげた。

事務所《じむしょ》にもどると、パパは紹介者《しょうかいしゃ》の波倉会長《なみくらかいちょう》に電話《でんわ》をした。

波倉《なみくら》会長《かいちょう》さん。南郷画伯《なんごうがはく》の事件《じけん》は
ほとんどかいけつしたのですが、
東神《とうじん》グループの調査会社《ちょうさがいしゃ》をつかって、
おしらべいただきたいことがあるんです。
南郷画伯《なんごうがはく》の小学校の絵の先生の
泉《いずみ》野《の》彩《あや》子《こ》さんという女性《じょせい》が
いまどうしているかっていうことで……。

その日の午後《ごご》には、泉野彩子《いずみのあやこ》先生の消息《しょうそく》がわかった。

泉野彩子《いずみのあやこ》先生は、独身《どくしん》のままで小学校を退職《たいしょく》してから、東京《とうきょう》にでてきて、絵画《かいが》教室をひらいていたのだ。

じつは、あの夏《なつ》の日、
泉野《いずみの》先生は展覧会《てんらんかい》の図録《ずろく》を
二さつ買《か》っていて、
一さつを南郷幾多郎画伯《なんごうきたろうがはく》に
あげようと思《おも》ったのだが、そこまでしては、えこひいきになるかも
しれないと思《おも》い、南郷幾多郎画伯《なんごうきたろうがはく》にわたさなかった。こんど、
美術館《びじゅつかん》がたてなおされるということを知《し》り、そのことを
思《おも》いだしたのだが、有名《ゆうめい》になった南郷幾多郎画伯《なんごうきたろうがはく》に
いまさらわたしにいくのはと、思《おも》っていたとのことだ。

泉野彩子《いずみのあやこ》先生が東神調査社《とうじんちょうさしゃ》の人にかたったところによると、ここのところ毎晩《まいばん》、泉野彩子《いずみのあやこ》先生は、南郷幾多郎画伯《なんごうきたろうがはく》に、展覧会《てんらんかい》の図録《ずろく》をわたしにいき、南郷幾多郎画伯《なんごうきたろうがはく》の絵《え》のモデルになっている夢《ゆめ》を見つづけていたとのことだった。

東神《とうじん》グループの調査会社《ちょうさがいしゃ》の人がれんらくをとってくれて、めでたくというか、なんというか、南郷幾《なんごうき》多郎画伯《たろうがはく》はおよそ五十年ぶりに、銀座《ぎんざ》の東神《とうじん》ホテルのフレンチ・レストランで再会《さいかい》し、泉野彩子《いずみのあやこ》先生は南郷幾多郎画伯《なんごうきたろうがはく》に展覧会《てんらんかい》の図録《ずろく》をわたした。

もちろん、わたしとパパもしょうたいされた。

フランス
近代絵画展

南郷《なんごう》くん、ほんとに
えらくなっちゃった
から、わたし、
れんらくしにくくて。
でも、南郷《なんごう》くん、
夢《ゆめ》で見たとおり、
そのままね。
先生こそ、
むかしのままで……。

そんなわけないじゃない。
そんなわけ
ありますよ。

パパ、すっかりはたらきものになっちゃって。わたしと毎週《まいしゅう》あってるせいね。
おれは、前《まえ》みたいにふらふらしてるのがいいいんだけど。
事務所《じむしょ》もひっこししたいし、そうはいかないわ。
そうはいくよ……。

東神《とうじん》グループの波倉四郎会長《なみくらしろうかいちょう》のはなしによると、最近《さいきん》、週《しゅう》に一度《ど》、南郷幾多郎画伯《なんごうきたろうがはく》は泉野彩子《いずみのあやこ》先生の絵画《かいが》教室にいって、子どもたちに風景画《ふうけいが》を教えているとのことだ。でも、それだけじゃなくて、そのおかえしに、泉野彩子《いずみのあやこ》先生が南郷幾多郎画伯《なんごうきたろうがはく》のアトリエにいって、人物画《じんぶつが》の描《か》きかたを南郷幾多郎《なんごうきたろう》先生に教《おし》えているっていうことなんだけど、ほんとかなあ……。

先生、ぼく、どうも、目に表情《ひょうじょう》をだすのがうまくなくて。だって、風景画《ふうけいが》が専門《せんもん》でしたから……。
ぼ、「ぼく」って……。それに、「だって」って……。

今回《こんかい》の事件《じけん》のかいけつ方法《ほうほう》

ハイテク機材《きざい》の活用《かつよう》。でも、そのハイテク機材《きざい》の名前《なまえ》が、〈赤ちゃんぐっすり、ママ安心《あんしん》〉だということは、南郷幾多郎画伯《なんごうきたろうがはく》には、いってない。

今回《こんかい》の事件《じけん》のかぎ

生霊《いきりょう》というのは、ねむっているときに、たましいが体からはなれてしまうことだ。「幽体離脱《ゆうたいりだつ》」ともいう。何《なに》かを強《つよ》く思《おも》っていると、おこることがある……ってパパはいっている。

えっ ゆうれい？
生霊《いきりょう》というのは、きょうみのあるあいてしか見えないし、声《こえ》もきこえないらしい。だから、わたしの声《こえ》もきこえなかったのだ。

今回《こんかい》の事件《じけん》のあと味《あじ》

いままで、いろいろな事件《じけん》をあつかってきたけど、
こんなにあと味《あじ》のいい事件《じけん》はめったにない。
ああ、初恋《はつこい》……!

その後、南郷幾多郎画伯《なんごうきたろうがはく》と泉野彩子《いずみのあやこ》先生は?

ときどきあっているらしい。ふたりとも独身《どくしん》だしなあ……。

今回《こんかい》の事件《じけん》の報酬《ほうしゅう》

こちらからバスター料《りょう》については、なにもいわなかったけれど、額面《がくめん》五十万円《まんえん》の小切手《こぎって》が南郷幾多郎画伯《なんごうきたろうがはく》からおくられてきた。

南郷幾多郎画伯《なんごうきたろうがはく》から礼状《れいじょう》がきて、いま、わたしとパパの絵《え》を描《か》いていて、できあがったら、くれるって。

ナツカのおばけ帳簿《ちょうぼ》
●前回の残高 ¥24,757,399
●収入 ¥500,000
●支出
電車賃 ¥1,380
赤ちゃんぐっすりママ安心 ¥16,200
パパのとりぶん ¥100,000
ナツカのとりぶん ¥50,000
★支出合計 ¥167,580
残高 ¥25,089,819
今回《こんかい》は、わたしはただ、パパについていっただけだから、自分のとりぶんは五万円《まんえん》だけにして、パパは十万円《まんえん》にした。
それにしても、とどくことになっている南郷画伯《なんごうがはく》の絵《え》のかちはどれくらいなのかしら。

不《ふ》幸《こう》バッグ

週刊誌《しゅうかんし》なんかで〈不幸《ふこう》バッグ〉のことがさわがれはじめて、しばらくしたころ、わたしとママがすんでいるマンションの宅配《たくはい》ボックスに、きたならしい黒《くろ》いかばんが入っているのを、ママのお弟子《でし》さんが発見《はっけん》した。

〈不幸《ふこう》バッグ〉というのは、ある日とつぜん、とどくのだが、とどいたら、一週間《しゅうかん》以内《いない》に、ともだちとか知《し》りあいのもちものをその中に入れて、その人の家《うち》の前《まえ》におくとかしないと、不幸《ふこう》がおとずれるという都市伝説《としでんせつ》だ。

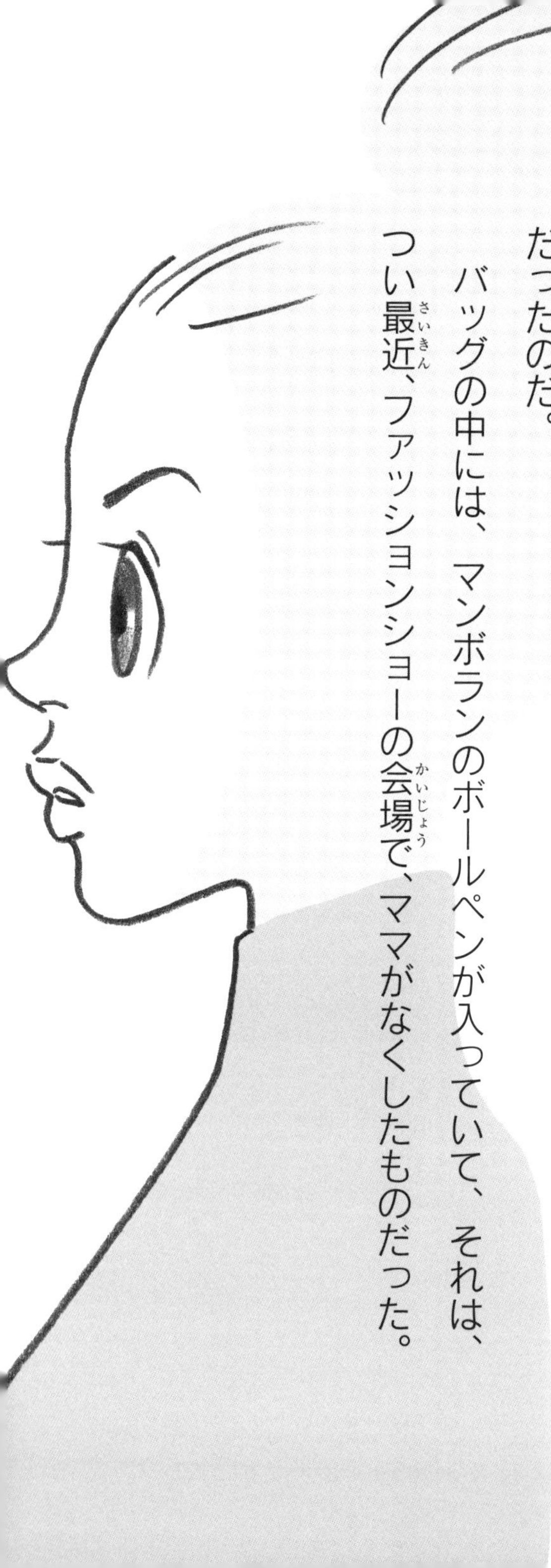

週刊誌《しゅうかんし》によると、不幸《ふこう》バッグは、ビジネスマンがもつような黒《くろ》いバッグで、黒《くろ》いユリのチャームがとってについているということだった。

ママのお弟子《でし》さんがへやにもってきたのは、そのとおりのバッグだったのだ。

バッグの中には、マンボランのボールペンが入っていて、それは、つい最近《さいきん》、ファッションショーの会場《かいじょう》で、ママがなくしたものだった。

先生、どうしましょう。これ、だれかのものを入れて、その人の家《うち》にそっととどけないと、不幸《ふこう》なことがおこるんです。じっさい、わたしの高校時代《こうこうじだい》のともだちは、ほうっておいて、交通事故《こうつうじこ》にあい、全治《ぜんち》一か月の重傷《じゅうしょう》をおったんです。事故《じこ》の直後《ちょくご》、バッグはきえたんだそうです。
manbo
HARU

こういうことになってくると、
これはもうパパの出番《でばん》だ。
わたしはパパに電話《でんわ》をし、
事情《じじょう》をはなした。

するとパパは……。
そんな都市伝説《としでんせつ》なんて、
気《き》にすることはないが、
そうはいっても
気《き》になるだろうから、
ママの家《うち》のどこかに、
おれのものがあったら、
それをそのバッグに
入れて、事務所《じむしょ》に
もってくればいい。
おれがなんとかするよ。
TIMA

パパがそういったと知《し》ると、ママはいきなり、つい最近発表《さいきんはっぴょう》したばかりのみじかめのワンピースにきがえ、メイクをはじめた。

不幸《ふこう》バッグがとどいたわりには、上きげん！

フルメイクアップの、百パー・デート装備《そうび》で、ママはさっそうとでかけていった。

それは、祝日《しゅくじつ》の金曜日《きんようび》の朝《あさ》だった。

あ、そうそう。それがないとね。もちろん、ひとりでいくから、あなたはついてきてくれなくていいからね。あ、それから、お酒《さけ》のんじゃうかもだから、タクシーでいくからね。

その日、ママは
なかなかかえってこなかった。
朝《あさ》でかけたきり、なんの
れんらくもなく、午後七時《ごごしちじ》に
なっても、かえってこないので、
わたしはママのスマホに電話《でんわ》をした。
でも、電源《でんげん》がきってあったから、
つぎにパパのスマホに
電話《でんわ》をすると……。

ナッカ。なんのかんのいって、
ママ、かえらないんだよ。
せっかくだからって、なにが
せっかくなのかわからないけど、
晩《ばん》めし、つくりだしちゃって。
まだ、七時《じ》なのに、おそいから、
とまっていこうかしら、
三連休《れんきゅう》だし、なんていってるんだ。
おまえ、わるいけど、タクシーで
ママをむかえにきてくれないか。
たのむよ……。

ママはパパと復縁《ふくえん》する気まんまんだけど、どうもパパは、
いまひとつその気になれないようなのだ。
ママがパパのところにいるなら、べつに心配《しんぱい》はいらない。
もちろん、わたしはママをむかえにいったりはしない……
っていうか、その夜《よる》はいかずに、よく日の土曜日《どようび》の朝《あさ》、
パパの事務所《じむしょ》にでかけた。

すると、ママはきていったものとはちがう、なんとなく
カジュアルなシャツとスカートで、ごきげんで、
朝《あさ》ごはんをつくっていた。

ママ。きがえもってきてたの。はじめからとまる気《き》だったのね。
あの不幸《ふこう》バッグだけど、あれって、ほんとうは幸福《こうふく》バッグじゃないの？

パパが、
「きょうはどうしても、ママを
つれかえってくれ。」
というから、その日は半分《はんぶん》むりやり、
わたしはママをつれかえった。

それで、不幸《ふこう》バッグだけど、いつのまにか、パパの事務所《じむしょ》からなくなっていた。それで、パパの事務所《じむしょ》にいったとき、

「ところで、あのバッグだけど、あれ、どうしたの？」

ときいてみると、パパは、

「あ、あれか。あれは、公園《こうえん》のごみばこにすてたよ。」

だって……。

えーっ！　そんなことしたら、パパに不幸《ふこう》なことがおこるかもしれないじゃない。
不幸《ふこう》ってほどじゃないが、さいなんなら、もうおきているよ。おまえは知《し》らないかもしれないけど、ひるま、用《よう》もないのに、ママがよく、ここにくるようになった。
わすれもの入れ

それにしても、不幸《ふこう》バッグを公園《こうえん》のごみばこにすててきちゃうっていうのは、まずいんじゃないだろうか。
じゃあ、バッグには、なにも入れずに、すててきたの？
わたしがそういうと、パパがあたりまえみたいに、
ちゃんと、入れたよ。
とこたえた。それで、わたしが、
なに、入れたの？
ときいたら、パパは……。

公園《こうえん》は都立公園《とりつこうえん》だ。だから、
そこにある木は都《と》のものだ。
でも、落《お》ちている
葉《は》っぱとなると、びみょうだ。
都《と》のものだともいえるし、
だれのものでもない
っていえば、
だれのものでもない。
どっちにしても、
公園《こうえん》も葉《は》っぱも、
特定《とくてい》の個人《こじん》の
ものじゃない。
まあ、みんなのものを
みんなの公園《こうえん》に
とどけたってことで、
だれにも不幸《ふこう》は
おこらないんじゃないか。
まさか、あのバッグに、
みんなに不幸《ふこう》を
おこすほどの
パワーはないだろう。
ママの
わすれもの
きをつけて！

「でも、もしかして、都知事《とちじ》さんの
ところに、不幸《ふこう》バッグが
いっちゃったら、どうするの？」
わたしがそういうと、パパは、
「そうしたら、都知事《とちじ》がなんとか
するだろう。政治家《せいじか》なんだから、
みんなのために知恵《ちえ》をしぼるのは、
あたりまえだ。」
といって、わらっていた。

そうそう、念《ねん》のため、すてたあと、公園《こうえん》をぐるっとまわって、ごみばこにもどってきたら、ほかのごみはそのままだったけど、バッグはなくなっていたよ。
うまうま!

これから、
パパとママのあいだが
どうなっていくのか、
それは
わからないけれど、
不幸《ふこう》バッグの
うわさは、それきり
とだえてしまった。

すぐにつかいたいから、中古《ちゅうこ》ってことになるけど、できれば、一階《かい》が事務所《じむしょ》につかえるような店舗《てんぽ》で、二階《かい》が住宅《じゅうたく》っていうようなのがいいのよ。そうね、庭《にわ》はひろくなくてもいいけど、車は三台《だい》くらいとめられないとね。一けん家《や》がむずかしければ、マンションでもいいの。マンションなら、事務所《じむしょ》につかうへやも入れて、ぜんぶで6ＬＤＫ《エルディーケー》は必要《ひつよう》かしら。予算《よさん》は、そうね、これくらいでどうかしら。
このあたりで、その条件《じょうけん》ですと、五千万ではちょっと……。
なにいってるの、五億《おく》よ！

今回《こんかい》の事件《じけん》のかぎ

「わるい連鎖《れんさ》はどこかでたちきる必要《ひつよう》がある！」

とパパはいっている。

今回《こんかい》の事件《じけん》の真相

真相《しんそう》はごみばこの中ってわけじゃないけど、都市伝説《としでんせつ》の闇《やみ》の中だ。パパがいうには、〈不幸《ふこう》の手紙《てがみ》〉とか〈不幸《ふこう》のメール〉なんていうのは、だれかのいたずらにきまっていて、そういうことをするやつは、ほんもののおばけをばかにしているから、おばけのたたりがあるかも……だって。

「きっと、バッグはだれかがもっていって、つかってるんじゃないか。あのまま、ここにあっても、なにもおこらなかっただろうけど、あんなビジネス・バッグ、おれのしゅみじゃないし。」

パパはそういっている。

今回《こんかい》の事件《じけん》のあとしまつ

これから、パパはたいへんだろうなあ……。

うひゃひゃ。

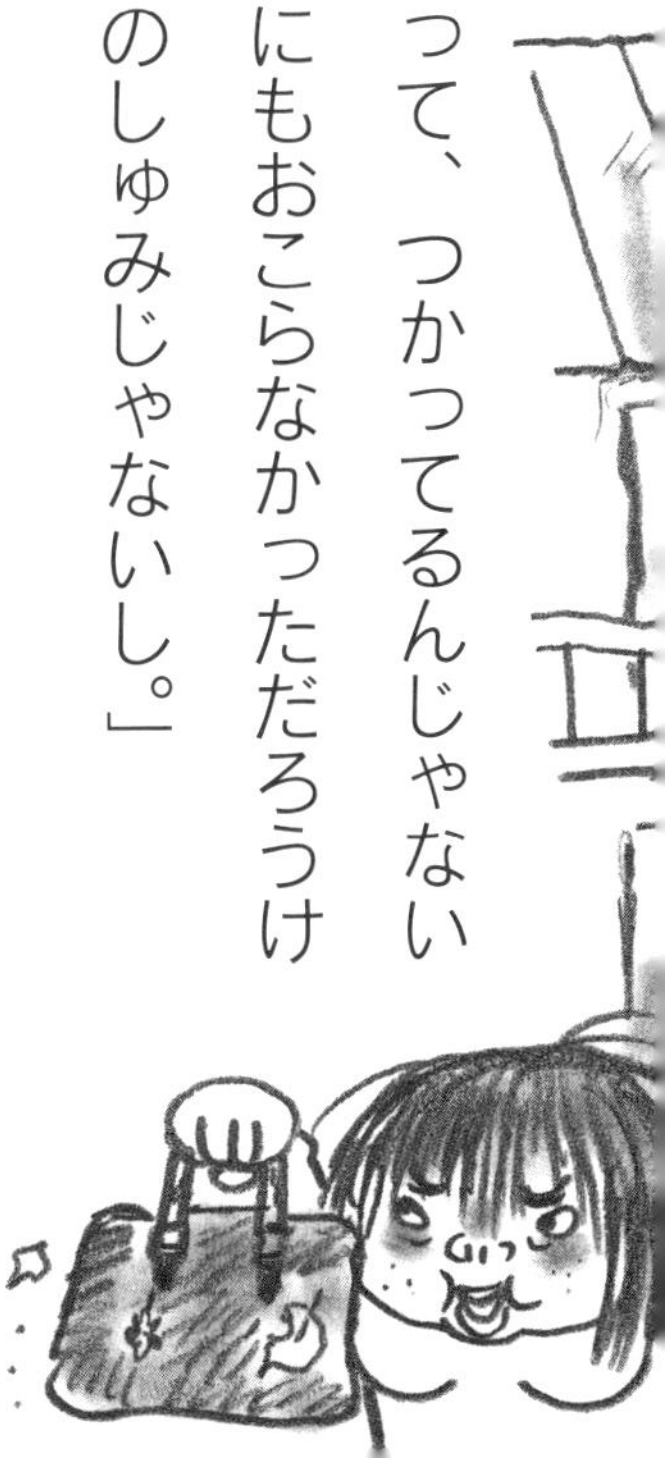

ナツカのおばけ帳簿《ちょうぼ》
前回の残高
¥25,089,819
収入 ¥0
支出 ¥0
残高
¥25,089,819

そういうわけで、
今回《こんかい》は収入《しゅうにゅう》も
支出《ししゅつ》もなし。
そうそう、ママはまだ、
パパの新《あたら》しい事務所《じむしょ》を
さがしているけど、みつかっても、
すぐにはひっこさないらしい。
いきなりおしかけたら、
パパがヒクかもしれないから、
じょじょにせめるつもりみたいだけど、
あんまりじょじょにせめてるって
かんじじゃないなあ。

著者　**斉藤 洋**（さいとう　ひろし）
1952年、東京に生まれる。『ルドルフとイッパイアッテナ』で第27回講談社児童文学新人賞受賞。『ルドルフともだちひとりだち』で第26回野間児童文芸新人賞受賞。路傍の石幼少年文学賞受賞。『ベンガル虎の少年は……』「なん者･にん者･ぬん者」シリーズ、「妖怪ハンター・ヒカル」シリーズ（以上あかね書房）など、数多くの作品がある。

画家　**かたおかまなみ**
静岡県に生まれる。現在、学習・育児雑誌などのイラストで活躍している。挿し絵の作品として、『ゆうれい出したら3億円』（国土社）、『だいすき朝の読み物75話（うち4話）』（学習研究社）などがある。

装丁……VOLARE inc.

ナツカのおばけ事件簿・15

初恋ゆうれいアート

発行　2017年1月25日　初版発行

著者　斉藤 洋
画家　かたおかまなみ
発行者　岡本光晴
発行所　株式会社あかね書房
東京都千代田区西神田3-2-1 〒101-0065
電話　03-3263-0641(営業)
03-3263-0644(編集)
印刷所　錦明印刷株式会社
製本所　株式会社難波製本

ISBN 978-4-251-03855-5　NDC 913　113p　22cm

斉藤洋の好評シリーズ

あかね書房

〈ナツカのおばけ事件簿シリーズ〉

1. メリーさんの電話
2. 恐怖のろくろっ手
3. ゆうれいドレスのなぞ
4. 真夜中のあわせかがみ
5. わらうピエロ人形
6. 夕ぐれの西洋やしき
7. 深夜のゆうれい電車
8. ゆうれいパティシエ事件
9. 呪いのまぼろし美容院
10. 魔界ドールハウス
11. とりつかれたバレリーナ
12. バラの城のゆうれい
13. テーマパークの黒髪人形
14. むらさき色の悪夢
15. 初恋ゆうれいアート

〈以下続刊〉

〈妖怪ハンター・ヒカルシリーズ〉

1. 闇夜の百目
2. 霧の幽霊船
3. かえってきた雪女
4. 花ふぶきさくら姫
5. 決戦！ 妖怪島

〈ふしぎパティシエールみるかシリーズ〉

1. にんぎょのバースデーケーキ
2. ミラクルスプーンでドッキドキ！

〈以下続刊〉

〈なん者・にん者・ぬん者シリーズ〉

1. なん者ひなた丸 ねことんの術の巻
2. なん者ひなた丸 白くもの術の巻
3. なん者ひなた丸 大ふくろうの術の巻
4. なん者ひなた丸 火炎もぐらの術の巻
5. なん者ひなた丸 月光くずしの術の巻
6. なん者ひなた丸 金とん雲の術の巻
7. なん者ひなた丸 津波がえしの術の巻
8. なん者ひなた丸 千鳥がすみの術の巻
9. なん者ひなた丸 黒潮がくれの術の巻
10. なん者ひなた丸 空蝉おとしの術の巻
11. なん者ひなた丸 南蛮づくしの術の巻
12. なん者ひなた丸 まぼろし衣切りの術の巻
13. なん者ひなた丸 むささび城封じの術の巻
14. なん者ひなた丸 ばけねこ鏡わりの術の巻
15. なん者ひなた丸 まどわし大ねことんの術の巻

爆発《ばくはつ》アート
ちかげくと「爆発《ばくはつ》光線《こうせん》」をあびせられアートそっくりに！
モノグサ
なぞの微笑《びしょう》をつづけることにつかれ、いつしかダラダラ生活《せいかつ》に。絵《え》の中の部屋《へや》はそうとうきたない。
妖怪水玉《ようかいみずたま》いーよ
草《くさ》の間《あいだ》から水玉《みずたま》をなげて、あらゆるものを水玉《みずたま》もようにしてしまうおばけ。特《とく》にかぼちゃがすき。